이 時代를 보고
이 世代를 본다

이 세대를 무엇으로 비유할꼬 비유컨대 아이들이 장터에 앉아 제

동무를 불러 가로되 우리가 너희를 향하여 피리를 불어도 너희가

춤추지 않고 우리가 애곡하여도 너희가 가슴을 치지 아니하였다

함과 같도다

(마태복음 11:16~17)

곧 너와 네 아들과 네 손자로 평생에 네 하나님 여호와를 경외하며

내가 너희에게 명한 그 모든 규례와 명령을 지키게 하기 위한 것이

며 또 네 날을 장구케 하기 위한 것이라

(신명기 6:2)

이 時代를 보고
이 世代를 본다

마재영 양정순 에세이3집

좋은땅

책을 쓰면서

요즈음 世代差異란 말이 점점 자연스럽게 들리는 것 같다.

우리 민족은 수천 년 동안 동일한 문화 속에서 살아왔다. 그래서 세대는 달라도 서로의 사고방식과 문화를 잘 이해하고 공유하는 데 사회적인 문제나 갈등은 크게 없는 것 같다.

젊은 세대는 순수함과 속도감으로, 노인세대는 인생 경험과 성숙함을 서로 나누고 도우며 지금까지 잘 어울려 살아가고 있다.

철모르는 손주와 꼰대 할아버지는 세대 차를 느끼지 못한다. 얼마나 서로 사랑하고 좋아하는지 죽고 못 산다.

세대 간의 차이와 다름이 당연하지만 서로 이해하고 사랑하고 품을 때 세대 差異가 아니라 세대 共感이 될 수 있지 않을까? 세대 공감은 행복한 사회를 만들어 가는 즐거운 밥상이다.

차례

이야기2

어느 선교사의 기도

이야기3

복음의 능력

이야기1

모든 사람에게 하는 말

모든 사람에게 하는 말

깨어 있으라

깨어 있으라 내가 너희에게 하는 이 말이 모든 사람에게 하는 말이니라 하시니라

(마가복음 13:37)

왜 울고 계십니까?

왜 이렇게 울고 계십니까?

살다 보면 울고 싶을 때가 있습니다.
체면상 티를 안 내서 그렇지 울고 싶을 때가 한두 번 아닙니다.
때로는 가슴 치고 통곡할 때도 있습니다.

막달라 마리아가 새벽 동트기 전부터 무덤을 찾아와 울고 있을 때
"여인아, 왜 울고 있느냐?"
예수님께서 물으셨습니다.

당신은 왜 울고 계십니까?
예수님께서 물으십니다.

꼰대(kkondae)

1949년생이다.

은퇴한 지 제법 되었는데 아직도 이것저것 간섭할 열정이 남아 있어 입이 근질근질하다.

눈치 없이….

MZ세대에게

부모세대와 MZ세대 간 수많은 것이 변해도 변질되면 안 된다.
우리는 부모요, 자식이다.

옛날을 기억하라

역대의 연대를 생각하라

네 아비에게 물으라 그가 네게 설명할 것이요

네 어른들에게 물으라 그들이 네게 이르리로다

(신명기 32:7)

기다리는 자의 기도

주님, 저희들이 하루라도 더 살아야 할 이유가 있다면 무엇일까요?

주님, 부활 승천하시기 전 이 땅에서 마지막으로 우리에게 부탁하신 "너희는 온 천하에 다니며 만민에게 복음을 전파하라"는 말씀 때문이기를 기도합니다.

이 시대의 복음

신약성경 사복음서에는 말세에 전쟁과 기근, 지진, 거짓 선지자들이 일어날 것이며, 디모데후서 3장에도 말세에 고통하는 때가 올 것이라고 경고하고 있다.

오늘 이 시대, 이 세대에게 가장 절실한 것은 무엇인가? 그것은 예수 그리스도의 복음이다.

예수 그리스도의 복음만이 이 시대를 구원할 수 있다.

가라사대 때가 찼고 하나님 나라가 가까웠으니
회개하고 복음을 믿으라 하시더라
(마가복음 1:15)

지옥(地獄)은

거기는 구더기도 죽지 않고

불도 꺼지지 않는 곳

(마가복음 9:48 중에서)

世代 共感

　요즈음 世代差異란 말이 점점 자연스럽게 들리는 것 같다.

　우리 민족은 수천 년 동안 동일한 문화 속에서 살아왔다. 그래서 세대는 달라도 서로의 사고방식과 문화를 잘 이해하고 공유하는 데 사회적인 문제나 갈등은 크게 없는 것 같다.

　젊은 세대는 순수함과 속도감으로, 노인세대는 인생 경험과 성숙함을 서로 나누고 도우며 지금까지 잘 어울려 살아가고 있다.

　철모르는 손주와 꼰대 할아버지는 세대 차를 느끼지 못한다. 얼마나 서로 사랑하고 좋아하는지 죽고 못 산다.

　세대 간의 차이와 다름이 당연하지만 서로 이해하고 사랑하고 품을 때 세대 差異가 아니라 세대 共感이 될 수 있지 않을까? 세대 공감은 행복한 사회를 만들어 가는 즐거운 밥상이다.

M꼰대의 一름

욕심은 질병이 될 수 있다.

내 몸의 여러 질병으로, 누군가와 불화로, 근심, 걱정으로 심지어 중병의 원인이 되기도 한다.

지나친 건강 욕심도. 지나친 돈 욕심도, 지나친 美人 욕심도 조심해야 한다.

오직 각 사람이 시험을 받는 것은 자기 욕심에 끌려 미혹됨이니 욕심이 잉태한즉 죄를 낳고 죄가 장성한즉 사망을 낳느니라

(야고보서 1:14~15)

그것은 거룩함이다

오늘 이 시대 이 세대, 다음은 어떤 시대가 올까?

이 시대를 21세기 최첨단과학 정보시대라고 하지만 이러한 표현도 머지않아 구시대 용어가 될 정도로 첨단과학의 발전, 정보력의 속도는 인간의 삶의 목표, 가치관, 생활방식, 의식의 변화 등 이 세대를 현기증이 날 정도로 빠르게 변화시키고 있다.

그러는 동안 이 시대적 부작용이나 후유증 또한 곳곳에서 느낄 수 있다. 인간성 상실, 물질 중심, 이기적인 사회로 급변한 우리 사회는 가정과 자녀들의 思考와 意識, 신앙생활까지 많은 영향을 끼치고 있다고 해도 과언이 아니다.

우리는 하나님을 믿고 주님의 다시 오심을 기다리는 성도들이다. 그동안 하나님 말씀도 예수님의 약속도 단 하나도 변한 것 없다 변할 수도 없다. 그러나 이 시대 속에서 너무 소중하고 귀한 것들을 잃어버리고 살아간다.

이 시대가 상실의 시대가 아닌가 할 정도로.

이 시대, 이 세대를 함께 신앙생활하는 형제자매들이여, 어떤 상황 속에서도 우리 안의 존귀한 하나님의 형상(모습)을 버리지 말자.

잃어버린 것과 버린 것은 본질이 다르다.

그것은 거룩함이다.

너희가 순종하는 자식처럼 이전 알지 못할 때에 좇던 너희 사욕을 본 삼지 말고 오직 너희를 부르신 거룩한 자처럼 너희도 모든 행실에 거룩한 자가 되라 기록하였으되 내가 거룩하니 너희도 거룩할찌어다 하셨느니라

(베드로전서 1:14~16)

기도 외에 다른 것

기도부터 하자.

기도부터 하자는 것은 누가 이 일의 주인인가, 누가 이 일의 주체인가와 관련된 말이다. 모든 문제는 먼저 하나님께 물어보자는 뜻이다. 최근 한국 교회에 신세대들이 줄어들고 있다고 한다. 물론 그 이유가 교회에도 있을 수 있지만 신세대 자신들도 이 시대와 다음 시대의 주역으로서 또한 인격적인 주체로서 먼저 하나님께 기도해야 한다는 의미다.

기도가 먼저다.

사람들의 어떤 전략이나 정보, 사람들의 방법이나 대책을 세우기 전에 먼저 하나님의 뜻을 구하고 하나님의 지혜를 기도하자는 뜻이다. 이는 또한 하나님의 말씀과 하나님의 결정에 순종할 수 있는 믿음을 주시도록 기도하자는 것이다.

2000년대 들어 주님의 마지막 지상명령인 온 세상을 향한 복음 전파를 이전보다 더욱더 강하고 담대하게 도전해야 함에도 오히려 더 약해진 것 같아 안타깝다.

그러나 이런 중에도 한국의 많은 교회와 지구촌 곳곳에서 이 혼란의 때를 분별하고 하나님의 나라를 준비하기 위해 더욱더 기도하고 헌신하는 하나님의 사람들, 신세대들이 일어나고 있음에 주목하며 감사드린다.

이 시대, 이 세대들이여 한국 교회를 대부흥으로 일으켰던 이전 선배, 부모 세대보다 더욱더 말씀 붙들고 더욱더 기도해야 함은 아무리 강조해도 무리가 아니다.

지금이 어떤 세상인가?

지금 이 시대는 이전 시대에서는 상상할 수 없는 유혹의 문화, 시험, 방해, 공격이 호화찬란하게 은밀하게 행해지고 있다. 우리는 오늘도 이 시대 한가운데서 세상과 함께 호흡하며 살고 있다.

기도하지 않고 믿음을 지킬 수 있을까?

하나님께서는 오늘도 기도하는 사람들과 함께 하나님의 나라를 이루시고 계신다.

이르시되 기도 외에 다른 것으로는 이런 유(類)가 나갈 수 없느니라 하시니라

(마가복음 7:29)

신세대의 부르심

신세대 신앙이란 예수를 배우고 꿈꾸고 도전하는 신앙이라 할 수 있을 것이다.

한국의 신세대들과 나누고 싶은 이야기가 있다.

100년 전 우리나라에 예수 그리스도의 복음을 전해 주신 당시 20~30대 청년 선교사 이야기다. 그들은 예수의 사랑을 품고 이방의 나라 한국을 향해 달려왔던 신세대 선교사들이다.

그들은 가난과 질병과 무지의 빈민국인 우리나라까지 태평양을 건너와 복음을 전하다가 젊음을 바친 불꽃같은 삶을 살았다.

오늘도 주님께서는 이 시대, 이 세대를 위하여 헌신할 신세대들을 부르시고 계신다.

내가 또 주의 목소리를 들은즉 이르시되 내가 누구를 보내며 누가 우리를 위하여 갈꼬 그때에 내가 가로되 내가 여기 있나

이다 나를 보내소서

(이사야 6:8)

Sending you

하나님께서는 하나님께서 택하신 자녀들, 구원받은 성도들을 이 세상 곳곳으로 보내셨습니다.

우리는 지금 이곳에서 하나님께서 보내신 선교사로 살고 있습니다.

아버지께서 나를 보내신 것 같이 나도 너희를 보내노라

(요한복음 20:21)

그러므로 너희는 가서 모든 족속으로 제자를 삼아 아버지와 아들과 성령의 이름으로 세례를 주고 내가 너희에게 분부한 모든 것을 가르쳐 지키게 하라 볼찌어다 내가 세상 끝날까지 너희와 항상 함께 있으리라 하시니라

(마태복음 28:19~20)

네가 이것을 알라

　네가 이것을 알라 말세에 고통하는 때가 이르리니 사람들은 자기를 사랑하며 돈을 사랑하며 자긍하며 교만하며 훼방하며 부모를 거역하며 감사치 아니하며 거룩하지 아니하며 무정하며 원통함을 풀지 아니하며 참소하며 절제하지 못하며 사나우며 선한 것을 좋아 아니하며 배반하여 팔며 조급하며 자고하며 쾌락을 사랑하기를 하나님 사랑하는 것보다 더하며 경건의 모양은 있으나 경건의 능력은 부인하는 자니 이 같은 자들에게서 네가 돌아서라

　(디모데후서 3:1~5)

선지자의 예언

너희는 이웃을 믿지 말며 친구를 의지하지 말며 네 품에 누운 여인에게라도 네 입의 문을 지킬지어다

아들이 아비를 멸시하며 딸이 어미를 대적하며 며느리가 시어미를 대적하리니 사람의 원수가 곧 자기의 집안사람이리로다

(미가 7:5~6)

M꼰대의 추억

　세계에서 우리나라만큼 단기간에 고도로 성장한 나라도 많지 않다. 정치, 경제, 교육, 문화 등 국가 사회 전반에서 기적 같은 발전을 이루었다.

　지금의 시니어세대에게는 어릴 적 가마 타고 결혼식 올리고 지게로 농사를 짓고 초가지붕 주택에서 살았던 전설의 고향 같은 시절이 있었다. 불과 한 세대 바로 전 우리 부모님의 생활상이다.

　이제는 세계적인 선진국가로서 경제적 번영을 누리며 살고 있지만 한편으로는 우리 조상 대대로 지키고 살아온 아름다운 우리 전통, 예절, 윤리, 문화가 점점 잊히고 있는 것 같아 안타깝다.

　이 시대 한국 사회의 대세는 돈(경제)인 것 같다.

　부부 간에도, 부모·자식 간에도, 친구 간에도, 심지어 종교 세계에서도 돈이 중요한 issue가 되었음을 부인하기 어렵다. 아무리 붙어살아도 외로운 세상으로 변한 것 같다.

기도는 하는데

기도는 하는데

믿음이 문제로다.

오직 믿음으로 구하고 조금도 의심하지 말라

의심하는 자는 마치 바람에 밀려 요동하는 바다 물결 같으니

이런 사람은 무엇이든지 주께 얻기를 생각하지 말라

(야고보서 1:6~7)

다음 세대를 위한 기도

인생은 자기 인생이지만 자기 마음대로 살지 못합니다. 자기 스스로 올 수도 없고 갈 수도 없습니다.

그럼 우리 인생의 주인은 누구일까요?

우리는 하나님을 생각지 않고 나를 생각할 수 없습니다. 하나님은 사람을 만드셨고 예수는 우리를 위해 죽으셨습니다.

신(GOD)이 죽을 수 있나요? 나 자신과도 관련 있는 질문입니다.

우리는 당연히 하나님을 찬양하고 예배하고 하나님의 영광을 위해 살아야 합니다.

우리 부모세대의 뜨거웠던 순교적 신앙과 절박했던 기도는 대한민국 국가적 위기 때마다 일어나 역사적 사명에 최선을 다하였습니다. 지역 곳곳에 복음을 전하여 교회를 세우는 전도사역은 물론이요, 학교를 세우고 병원을 세우는 지역 사회를 위한 사역도 열정적으로 감당하였습니다.

사회적으로, 영적으로 매우 불안하고 혼란스러운 이때, 선배세대의 뜨거웠던 신앙과 사랑, 이웃 공동체 정신을 본받아 이 시대적 사명을 잘 감당하기를 기도합니다.

우리 선배세대들로부터 전통적으로 이어 온
우리 한국식 합심기도

(주여 삼창) 기도의 불이 계속 타오르도록, 아직까지 이 지구상에 미전도 종족으로 남아 있는 마지막 한 민족, 마지막 한 영혼까지 찾아내어 복음을 전하고 하나님의 구원이 이루어질 때까지 이 시대적 소명을 다하는 다음 세대들이 되도록 기도합니다.

마라나타

예수 십자가는 인류의 구원이다.

예수의 부활은 죽음을 이긴 승리다.

예수의 다시 오심은 복음이다.

할렐루야 우리 왕이여,

그날에 온 인류는 일어나 외칠 것이다.

마라나타 마라나타.

"아멘. 주 예수여, 어서 오시옵소서."

복음 연습

사랑은 해도 생명까지는.

용서는 해도 십자가까지는.

나 자신도 나를 그렇게 사랑하지 못하는데

이웃을 내 몸과 같이….

우리가 사랑함은

　내 한평생 나의 황금 시절을 무엇을 위해 살았는지, 내 평생 내게 가장 소중한 가치는 무엇이었는지, 기도할 때는 주님을 사랑한다고 고백할 때도 많았다. 그러나 예수 그리스도가 내 모든 것의 가장 우선순위가 되고 가장 소중함이 되고 있는지, 내 인생에서 결정적인 때마다 얼마나 주님을 외면하고 살았는지 주님은 다 알고 계신다.

　우리가 사랑함은 그가 먼저 우리를 사랑하셨음이라
　(요한1서 4:19)

매월 정기기도회

기도의 시작은 하나님 역사의 시작이다.

2004년 4월 WEC울산지부 첫 정기기도회를 시작하여 3년 동안 기도한 후, 2006년 12월 5~6일(집회 4회) 일정으로 울산지부 설립 및 울산선교대회를 『세계기도정보』의 저자 Patrick Johnstone, 김용의, 유병국 선교사를 강사로 초청하여 울산대영교회(담임목사 조운) 본당에서 개최, 울산지역 교계와 함께하는 특별한 기회를 가졌다.

그 후 2024년 4월 오늘까지 20년 동안 매월 정기기도회는 가슴 떨리는 하나님의 시간이었다.

다시 20년, 200년을 기도로 시작한다.

古傳 이야기?

이혼이란 말 자체가 禁忌語였다.

적어도 부모님은 짐이나 불편함의 대상은 아니었다.

학교 선생님은 그 그림자도 밟지 않았다.

다들 가난했지만 인간의 기본을 지키려 애썼다. 孝는 가정, 국가, 사회를 지탱하는 근본정신이었다.

고전 이야기가 아니다.

시대의 아픔

부모는 자식을 안다.

왜 잠을 못 자는지, 왜 눈물을 흘리는지.

천리 먼 길 밖에서도 안다.

그러나 부모는 왠지 오래 살기가 미안한 세상으로 변한 듯 하다.

이 시대, 이 세대의 아픔이기도 하다.

너희 자녀에게

오늘날 내가 네게 명하는 이 말씀을 너는 마음에 새기고 네 자녀에게 부지런히 가르치며 집에 앉았을 때에든지 길에 행할 때에든지 누웠을 때에든지 일어날 때에든지 이 말씀을 강론할 것이며 너는 또 그것을 네 손목에 매어 기호를 삼으며 네 미간에 붙여 표를 삼고 또 네 집 문설주와 바깥문에 기록할찌니라

(신명기 6:6~9)

세상에는 없는 평안

이 세상에서 질병 걱정, 돈 걱정, 미래 걱정, 죽음 걱정 안 하고 살 수 있을까? 사람으로 태어나 잠시 사는 동안 얼마나 크고 많은 일들을 겪으며 살아가는가. 때로는 차마 인간으로서 감당할 수 없는 극한의 고통과 고난을 겪으면서 살 때도 있다. 때로는 '내가 이 세상에 고생하려고 태어났나?' 회의감이 들기도 한다. 이 세상 그 어디에 참 평안이 숨어 있을까?

평안을 너희에게 끼치노니 곧 나의 평안을 너희에게 주노라 내가 너희에게 주는 것은 세상이 주는 것 같지 아니하니라 너희는 마음에 근심도 말고 두려워하지도 말라

(요한복음 14:27)

빛이 있으라(Let there be light)

하나님이 가라사대 빛이 있으라

2024년의 모든 시간도 하나님의 것입니다.

하나님의 영광을 위해 하나님의 나라를 위해 사용되기 원하며, 2024년 전쟁과 기근, 거짓과 악으로 고통과 슬픔 속에 있는 수많은 사람들에게 생명의 빛을 비추어 주옵소서. 어둠의 세력들이 사라지고 죽음의 땅들이 살아나며 병든 자들이 고침 받고, 구원을 얻는 자들이 구름같이 일어나는 2024년이 되기를 기도합니다.

2024. 1. 1. (월) 아침

두려워 말자

이제부터는 고난도, 질병도, 실패도, 미래도, 사람도 두려워 말자.

사람인데 어찌 질병이나 미래에 대한 걱정과 두려움이 없겠는가.

그러나 두려워한다고 그 두려움이 없어지는가.

인간은 만물을 다스리는 존재다.

실패도 두려워 말자. 사람이니 실패할 수도 있지.

사람도 두려워하지 말자. 사람이 사람을 왜 두려워하는가.

믿음의 용사들이여, 두려움을 지배하자.

우리는 하나님의 자녀다.

두려워 말라 내가 너와 함께 함이니라 놀라지 말라 나는 네 하나님이 됨이니라 내가 너를 굳세게 하리라 참으로 너를 도와주리라 참으로 나의 의로운 오른손으로 너를 붙들리라

(이사야 41:10)

두려워하라

개인의 자유와 인권이 크게 발달한 현대사회에서 누군가를 의식하고 두려워한다는 것 자체가 이제는 구시대적 思考인 듯하다.

그래서인지 이 세상은 실수와 죄악을 범하면서도 범죄의식이나 하나님에 대한 두려움이 약해지고 있는 것 같다.

하나님과 아무 상관없이 살아가는 사람들도 허다하다.

매우 심각한 일이다.

하나님을 두려워하라 몸은 죽여도 영혼은 능히 죽이지 못하는 자들을 두려워하지 말고 오직 몸과 영혼을 능히 지옥에 멸하시는 자를 두려워하라

(마태복음 10:28)

나는 나답게

누군가의 지배를 받는 자는 누군가의 종이 될 수도 있다.

힘없다고 반드시 힘 있는 자의 지배를 받을 필요는 없다.

있는 자와 없는 자는 상하관계가 아니라 협력의 관계다.

너무 당연한 말이지만 인간은 누구나 평등하다.

나는 가장 나답게 살면 된다.

누구를 위해 살든지, 무엇을 위해 살든지 나는 가장 나답게 살면 된다. 그것이 행복한 삶이 아닐까.

D-Day

결국은 천국과 지옥으로 결론 난다.
누구도 피할 수 없는 그날이 가까이 오고 있다.

주의 크고 영화로운 날이 이르기 전에
해가 변하여 어두워지고 달이 변하여
피가 되리라
누구든지 주의 이름을 부르는 자는
구원을 얻으리라 하였느니라
(사도행전 2:20~21)

이럴 때는

이제는 도저히 못 참겠다 싶을 땐
십자가를 한번 바라보자.
아마도 예수님께서 한 말씀하실 것이다.

이에 예수께서 제자들에게 이르시되 아무든지
나를 따라 오려거든 자기를 부인하고
자기 십자가를 지고 나를 좇을 것이니라
(마태복음 16:24)

최고의 찬양

가장 잘 부른 찬양은 어떤 찬양일까.

격조 높은 찬양일까,

웅장한 찬양일까.

하나님께서 기뻐 받으신 찬양이 아닐까.

Me

성격이 소심하고 우유부단합니다.

얼굴도 많이 가립니다. 사람들과 교제도 잘 못 합니다.

사랑도 많이 부족합니다. 배려심도 부족합니다.

남자로서 잘 울기도 합니다.

나이 들면서 고집도 세진다고 합니다.

나도 내가 마음에 안 들 때가 많습니다. 그런데 그 사람은 왜 나랑 결혼했을까 헷갈리기도 합니다.

아무리 기도해도 하나님은 아무 말씀이 없으십니다.

어느 날 오후

어린 시절, 그 세월은 순진하고 철없는 나를 데리고 어디론가 떠났다.

한 번도 동네 밖을 나가 본 적 없는 순진한 촌놈을 데리고 광활한 세상으로 떠났다. 그날 이후 365일을 무려 75번이나 보냈다.

어느 날 나를 보고 놀랐다. 머리는 백발이 되었고 얼굴에 주름도 장난이 아니다. 요즈음 나 자신을 보면 측은해 보일 때가 많다.

그래, 그동안 참 고생 많았어! 위로를 건네 본다.

또 하루를 보내는 서쪽 하늘엔 붉은 노을이 황홀하다.

이 시간에도 하나님은

어두워지는 대문을 바라보시며 돌아올 탕자를 기다리고 계신다.

주의 약속은 어떤 이의 더디다고 생각하는 것 같이 더딘 것이 아니라 오직 너희를 대하여 오래 참으사 아무도 멸망치 않고 다 회개하기에 이르기를 원하시느니라

(베드로후서 3:9)

안부 전화

권사님, 전화 좀 그만하세요.

집사님, 세상이 너무 이상한 사람도 많고 거짓도 많고….

저러다 어쩌려고.

근신하라 깨어라 너희 대적 마귀가 우는 사자 같이 두루 다니며 삼킬 자를 찾나니

(베드로전서 5:8)

하나님의 소원

하나님은 모든 사람이 구원을 받으며 진리를 아는 데 이르기를 원하시느니라

Who wants all men to be saved and to come to a knowledge of the truth

(디모데전서 2:4)

대책

얼마나 중요하고 얼마나 시급한가. 그래도 기도부터 합시다.

그래서 기도부터 합시다.
기도는 하나님과 마주하는 시간이요,
하나님의 음성(말씀)을 듣는 시간입니다.
하나님을 만나는 것보다 더 확실한
대책이 있을까요.

예수님도

예수님도 "힘쓰고 애써 더욱 간절히" 기도하셨다.

예수께서 힘쓰고 애써 더욱 간절히 기도하시니

땀이 땅에 떨어지는 피방울 같이 되더라

기도 후에 일어나 제자들에게 가서 슬픔을

인하여 잠든 것을 보시고 이르시되

어찌하여 자느냐 시험에 들지 않게 일어나

기도하라 하시니라

(누가복음 22:44~46)

내가 문제

중요한 교회나 기관 단체 행사를 앞두고 한창 기도하고 준비해야 할 그때, 평소 같으면 아무 일도 아닌 일로 예민하게 반응하고 다투고 어려움을 겪을 때가 있다. 이는 사악한 방해세력들이 벌이는 시험이요, 영적 전쟁이라는 것을 뻔히 알면서도 속아 넘어가기도 한다.

그럴 때마다 나 자신이 먼저 부족했음을 고백한다.

이번에도 또 내가 문제다.

기도하는 이유

하나님의 뜻을 검증받는 과정이기도 하다.

기도하는 이유를 설명할 필요가 있을까.
성도에게 기도는 너무 당연한 일상이다.
기도는 우리의 소원과 기도제목도 있지만
하나님의 뜻, 하나님의 나라를 위해서도
힘써 기도해야 한다.

십자가 복음

언제부턴가 그는 지나가는 사람만 봐도 눈물이 난단다.
그 독한 욕쟁이가 어찌 그리 울보가 되었을까?

십자가의 복음입니다.
핍박자가 순교자로 살고,
원수도 사랑하는 십자가의 복음입니다.

기도가 절실한 시대

얼마 전부터 나에게 수면장애가 있음을 알고 기도해 주신 분들이 있다.

그중 한 분이 며칠 전 통화 중에 요즘은 수면증상이 좀 어떠냐고 물으셨다. 그래서 "이제는 밤새도록 잠을 잘 자기보다 밤새도록 기도할 수 있도록 기도해 주세요"라며 웃은 적이 있다.

요즈음 우리 주변 상황을 보면 시시각각 일어난 긴급하고 중요한 기도제목들이 더욱더 절박해진 것 같다. 지금은 온 국민은 물론이요, 짐승들까지도 다 나와 미스바에 모여 365일 부르짖고 기도해야 할 때가 아닌가 싶을 정도로 절실할 때가 많다.

이 시간도 전 세계에서 유일한 분단국가인 우리나라의 안보를 위하여,

분열과 거짓과 물질만능, 이기주의로 만연한 한국 사회를 위하여,

온 세계 열방을 품고 땅끝까지 도전했던 한국 교회를 위하여,

온갖 분열과 경쟁과 불건전한 문화를 보고 듣고 자라는 다음 세대를 위해,

하나님 나라보다 세속적인 가치로 살아가는 사람들을 위하여,

결혼, 출산, 이혼, 마약, 가정문제, 노인문제 등 우리 가정과 사회를 위해.

오늘 우리들이 부르짖어야 할 긴급기도제목이 어디 이뿐인가.

다니엘의 기도

주여 들어주십시오

주여 용서해 주십시오

주여 들으시고 이뤄 주십시오

내 하나님이여 주 자신을 위해 미루지 마십시오 그곳은 주의
성이며 이 사람들은 주의 백성이기 때문입니다

(다니엘 9:19. 우리말성경)

기도하다 보면

쌀쌀해진 2023년 11월, 경기도 고양시 근교의 전원 같은 한 교회에서 1박 2일간의 단체 행사가 있었다. 서울에서 지하철을 타고 가던 중에 자꾸만 몸에 寒氣가 들고 컨디션이 점점 떨어졌다. 행사장은 외진 곳이라 약국도 없을 텐데 집으로 되돌아갈 수도 없고 지하철 안에서 계속 회복을 위해 기도하면서 겨우 도착했다.

전국에서 반가운 일행들이 속속 도착하던 중 청주에서 약국을 운영하시는 권사님께서 때마침 나에게 딱 맞는 건강 회복약 1박스를 주시고 내 이야기를 듣더니 오늘 몸살 약까지 준비해 왔다고 하시며 약을 주셨다. 권사님은 내가 기도하기 전에 이미 약을 준비하셔서 출발하셨다.

하나님 아버지, 감사합니다.

한국 교회를 위한 기도제목

1998년 7월에 발행한『세계기도정보』책에 수록된 한국 교회를 위한 기도제목이다.

"성공과 번영이 하나님이 주신 복의 표시라는 만연된 믿음, 종종 수치상의 증가와 인상적인 조직과 건물에 대한 교만함이 있다. 지도자들에게 십자가를 지는 것보다 성공, 부, 지위를 구하려는 것이 유혹이 되고 있다."

『세계기도정보』, 조이선교회출판부, 초판 1994년 8월
(Operation World/Patrick Johnstone/)

교회는

교회의 머리는 예수 그리스도다

교회는 예수 그리스도의 몸이다

(에베소서 1:22~23)

귀 있는 자는 성령이 교회들에게 하신 말씀을 들을찌어다

(요한계시록 2:7, 11, 17, 29)

이렇게 기도하라

그러므로 너희는 이렇게 기도하라

하늘에 계신 우리 아버지여 이름이 거룩히
여김을 받으시오며 나라이 임하옵시며
뜻이 하늘에서 이룬 것 같이 땅에서도
이루어지이다
오늘날 우리에게 일용할 양식을 주옵시고
우리가 우리에게 죄 지은 자를 사하여
준 것 같이 우리 죄를 사하여 주옵시고
우리를 시험에 들게 하지 마옵시고
다만 악에서 구하옵소서
(나라와 권세와 영광이 아버지께 영원히
있사옵나이다 아멘)
(마태복음 6:9~13)

교회와 선교

선교 중심의 교회. 교회 중심의 선교.

이에 베드로는 옥에 갇혔고
교회는 그를 위하여 간절히 하나님께 빌더라
(사도행전 12:5)

교회학교 교사께

주님의 몸 된 교회학교 교사께 존경과 축하를 드립니다.

교사의 사명은 국가 사회에서도 그렇지만 교회에서도 얼마나 소중한지 말로 다할 수 없습니다. 특히 다음 세대의 교육은 더욱더 그렇지요.

거짓과 악으로 가득한 세상에서 어려서부터 하나님을 사랑하고 이웃을 사랑하며 예수 그리스도의 말씀을 믿고 순종하는 삶을 살 수 있도록 잘 가르쳐 주세요. 국가 사회의 교사 자격 못지않은 하나님의 소명을 말씀으로 기도로 넉넉히 감당하시길 기도합니다.

십자가 앞에

대한민국의 또 다른 이름으로 십자가 국가라 해도 과언은 아닙니다.

억울할 때, 서러울 때 누구라도 찾아가서 밤새도록 외치던 곳.

오늘 밤도 동네 곳곳에 높이 세워진 붉은 십자가는 한 많고 억울한 사람들, 술 취한 사람들, 절망 중에 헤매는 사람들, 갈 곳 없는 사람들이 찾아와 울고불고 하소연하는 곳, 하나님을 만나는 집입니다.

수고하고 무거운 짐 진 자들아 다 내게로 오라 내가 너희를 쉬게 하리라

(마태복음 11:28)

무관심

2천 년이 지나도록 미전도 종족이 왜 남아 있을까?

예수께서 나아와 일러 가라사대

하늘과 땅의 모든 권세를 내게 주셨으니

그러므로 너희는 가서 모든 족속으로 제자를

삼아 아버지와 아들과 성령의 이름으로 세례를

주고 내가 너희에게 분부한 모든 것을 가르쳐

지키게 하라 볼찌어다 내가 세상 끝날까지

너희와 항상 함께 있으리라 하시니라

(마태복음 28:18~20)

선교는

선교는 죽을 각오로 가는 곳이 아니다.

죽어야 가는 곳이다.

전도도 그렇다.

소명자는

그대는 소명자.

그동안 많은 사람을 살렸습니다. 그대의 죽음으로.

그들은 오늘도 또 그렇게 기도합니다.

이에 예수께서 제자들에게 이르시되

아무든지 나를 따라 오려거든 자기를 부인하고

자기 십자가를 지고 나를 좇을 것이니라

(마태복음 16:24)

구원받은 자의 기도

그는 흥하여야 하겠고 나는 쇠하여야 하리라

(요한복음 3:30)

부끄럽습니다

언젠가 천국에서 초대교회 성도들을 만나겠지요.

예수님도 만나고, 제자들도 만나겠지요.

이름 없이 헌신하신 수많은 순교자들 만나겠지요.

참수형으로 순교한 바울도 만나고, 거꾸로 십자가에 매달려 순교한 베드로도 만나고.

많이 많이 부끄럽습니다.

어느 선교사의 기도

어느 선교사의 기도

하나님, 저 헐벗고 병든 사람들이 사는 이곳이 내 고향, 내 형제입니다. 이제는 내 생명, 내 기억이 다할 때까지 이 영혼들 사랑하고, 사랑하는 예수님의 복음을 전하다 이 사람들 곁에 내 몸과 내 이름을 묻게 하여 주옵소서.

그리고 그곳에 작은 나뭇가지 십자가 하나 꽂아 주소서, 이 사람들을 위하여.

잠시 잠깐 후면 오실 이가 오시리니
지체하지 아니하시리라
오직 나의 의인은 믿음으로 말미암아 살리라
또한 뒤로 물러가면 내 마음이 저를 기뻐하지
아니하리라 하셨느니라
(히브리서 10:37~38)

구원은

위대함도 긍휼함도 열심도 아니요,

그 어떤 선함과 공로도 아닙니다.

예수 그리스도를 믿는 믿음입니다.

저희를 데리고 나가 가로되 선생들아 내가 어떻게 하여야 구원을 얻으리이까 하거늘

가로되 주 예수를 믿으라 그리하면 너와 내 집이 구원을 얻으리라 하고

(사도행전 16:30~31)

묵상(QT) 시간

오늘이 벌써 2024년 1월 묵상 10일째입니다.

욥기서를 묵상하면서 그동안 내 삶의 고비마다 나를 어루만지시고 다시 일으켜 주신 주님을 다시 묵상해 보았습니다.

오늘도 '인생의 고통과 허무 앞에서'라는 주제로 말씀을 묵상하면서 나의 신앙과 상식으로는 이해하기 어려운 하나님의 뜻과 섭리 앞에서 나의 무지함과 연약함을 고백합니다.

은혜

늙음도, 연약함도, 깜박깜박함도 순리입니다.

여호와께서 내게 주신 모든 은혜를 무엇으로

보답할꼬 내가 구원의 잔을 들고 여호와의

이름을 부르며

(시편 116:12~13)

경주 도시

20여 년 전인 2004년 10월 10일, 우리 교회 찬양팀과 함께 경주 ○○교회에서 주일 예배를 드린 후 경주 보문단지 한복판에서 기도하고 몸 찬양을 올린 적이 있다.

그때는 우리가 경주에 왔으니 불교도시 한가운데서 하나님을 찬양하고 그 땅을 위해 기도 한번 하자는 단순한 마음이었다. 그런데 최근 새삼스럽게 그날의 기도와 찬양이 자꾸 생각이 난다.

주여, 그 땅을 불쌍히 여겨 주옵소서.

주여, 그 땅을 구원해 주옵소서.

경주 도시가 하나님을 예배하길 기도합니다.

입장이 다르면

만나기도 그렇고 안 만나기도 그렇고

버릴 수도 없고 안 버릴 수도 없고….

여보세요, 뭘 그리 고민하세요.

쓸모 있으면 놔두고 쓸모없으면 버리면 되지.

남들에게는 간단한 문제인데

본인에게는 심각한 문제다.

신호

청색은 안녕히 가세요.

적색은 잠시 멈추세요. 교통신호다.

아직도 마음이 아픈가? 사랑이 남아 있다는 신호다.

믿음으로

인간이 어떻게 하나님의 뜻을 다 알겠습니까.

때로는 정직한 자가 고난을 당하고, 불의한 자가 형통하기도 하고요.

복음을 전하다 이름도 없이 죽음을 당하기도 합니다.

인간으로서 갈등과 회의가 들기도 합니다.

주님, 믿음을 더하여 주옵소서.

나의 가는 길을 오직 그가 아시나니 그가 나를 단련하신 후에는 내가 정금 같이 나오리라

(욥기 23:10)

믿음 검증

말씀대로 살았는데도 고난을 당하고 있다면 그때야말로 내 믿음이 빛을 발할 때가 아닐까요?

생각건대 현재의 고난은 장차 우리에게
나타날 영광과 족히 비교할 수 없도다
(로마서 8:18)

국민 투표

당신은 어느 항목에 투표하시겠습니까?

사랑, 돈.

성장 환경의 중요성

태어날 땐 천사 같습니다. 천진난만합니다.

철들어 갈수록, 어른이 되어 갈수록, 배움이 더해 갈수록 천사 같고 천진난만했던 모습이 점점 변해 갑니다.

이제는 변명할 줄도 압니다. 대꾸도 합니다.

사람이 성장하면서 더 배우고 더 성숙해지는데, 말씀도 듣고 기도도 하고 예배도 더 드리는데, 어른이 되어 갈수록 왜 이렇게 변해 갈까요.

묵상 카페점

묵상 카페점이 문을 열었다.

카페의 메뉴는 66가지로 색상도 맛도 특이하고 다양하다.

누구든지 한번 맛보면 눈이 열리고 새로운 세계가 열린다. 때로는 울분이 일어나기도 하고 때로는 견딜 수 없는 사랑에 온몸을 던지기도 한다. 천하의 겁쟁이라도 두려움을 이기는 담대한 사람으로 변화한다.

그곳엔 늘 무슨 일이 일어나고 있다.

하나님의 말씀은 살았고 운동력이 있어 좌우에

날선 어떤 검보다도 예리하여 혼과 영과 및

관절과 골수를 찔러 쪼개기까지 하며

또 마음의 생각과 뜻을 감찰하나니

지으신 것이 하나라도 그 앞에 나타나지 않음이

없고 오직 만물이 우리를 상관하시는 자의

눈앞에 벌거벗은 것 같이 드러나느니라

(히브리서 4:12~13)

임직자께

1. 우리는 교회와 세상 속에서 예수 그리스도의 삶을 살아야 할 소명자입니다. 365일 평생 동안 말씀과 기도, 성령으로 충만하며, 은혜와 권능이 충만한 삶을 기도합니다.

성령과 지혜가 충만한가

믿음과 성령이 충만한가

(사도행전 6:3, 5)

2. 임직자로서 결단하고 기도하지만 인간으로서 넘어질 때도 많습니다. 그때마다 항상 우리를 위로하시고 격려하시는 주님을 잊지 맙시다.

시몬 베드로가 가로되 주여 어디로 가시나이까 예수께서 대답하시되 나의 가는 곳에 네가 지금은 따라올 수 없으나 후에

는 따라오리라

(요한복음 13:36)

사역

사역이란 일을 하는 것이 아니다.

사랑을 베푸는 것이다.

누구든지 하나님을 사랑하노라 하고 그 형제를

미워하면 이는 거짓말하는 자니 보는바

그 형제를 사랑치 아니하는 자가 보지 못하는바

하나님을 사랑할 수가 없느니라

(요한1서 4:20)

구원의 문제

잘하느냐 못하느냐의 문제가 아니다.

구원의 문제다.

혹이 여짜오되

주여 구원을 얻는 자가 적으니이까

저희에게 이르시되

좁은 문으로 들어가기를 힘쓰라

내가 너희에게 이르노니 들어가기를 구하여도

못하는 자가 많으리라

(누가복음 13:23~24)

니고데모

그는 지도자였다

그러나 거듭남이 무엇인지 몰랐다.

예수께서 가라사대 너는 이스라엘의 선생으로서

이러한 일을 알지 못하느냐

예수께서 대답하시되 진실로 진실로 네게

이르노니 사람이 물과 성령으로 나지 아니하면

하나님 나라에 들어갈 수 없느니라

(요한복음 3:10, 5)

성경은

성경은 믿음으로 읽는 말씀이다.

모든 성경은 하나님의 감동으로 된 것으로
교훈과 책망과 바르게 함과 의로 교육하기에
유익하니 이는 하나님의 사람으로 온전케
하며 모든 선한 일을 행하기에 온전케 하려
함이니라
(디모데후서 3:16~17)

하나님의 사랑

인간, 불로 심판해도 홍수로 심판해도 또 죄를 범했다.

이제는 하나님께서 인간 예수로 오셔서 십자가에서 죄인들을 대신하여 죽기까지 하셨다.

사랑은 여기 있으니 우리가 하나님을 사랑한 것이 아니요 오직 하나님이 우리를 사랑하사 우리 죄를 위하여 화목제로 그 아들을 보내셨음이니라

(요한1서 4:10)

인간의 한계

인간 지성으로 하나님을 해석하려는 것.

눈에 잘 보이는
바닷가의 모래알도 다 셀 수 없고
자기가 낳은 자식의 마음도
다 알 수 없는데.

문제는

사역을 얼마나 하느냐가 문제가 아니다.

하나님께서 기뻐 받으시냐가 문제다.

오직 선을 행함과 서로 나눠주기를 잊지 말라

이같은 제사는 하나님이 기뻐하시느니라

(히브리서 11:16)

마귀

예배 중에도, 기도 중에도, 선교 중에도 먼저 기다리고 있다.

근신하라 깨어라 너희 대적 마귀가 우는 사자

같이 두루 다니며 삼킬 자를 찾나니

너희는 믿음을 굳게 하여 저를 대적하라 이는

세상에 있는 너희 형제들도 동일한 고난을

당하는 줄을 앎이니라

(베드로전서 4:8~9)

성경 통독 기도

　말씀을 볼 때마다 하나님의 음성을 듣고, 하나님을 만나고, 하나님의 거룩하신 성품을 닮아 가기를 기도합니다.

　말씀을 볼 때마다 내 삶 속에 예수의 사랑, 복음의 능력이 일어나며, 우리 가족과 이웃과 온 세상 땅끝까지 속히 복음이 전파되고 구원이 이루어지기를 기도합니다.

주의 말씀은 내 발에 등이요 내 길에 빛이니이다

(시편 119:105)

중심 잡기

내 마음이 흔들리니 온 세상이 어지럽네.

**무릇 지킬 만한 것보다 더욱 네 마음을
지키라 생명의 근원이 이에서 남이니라
(잠언 4:23)**

질문의 의미

"십자가를 질 수 있나?" 질문은

'나(복음)를 위해 도전할 수 있느냐?',

'나를 위해 죽을 수 있느냐?'를 묻는 질문이다.

역사를 잊지 말자

어느 아파트 단지의 생활 쓰레기 수거장소에 신제품이나 다름없는 가전, 주방, 건강, 가구, 도서 등 많은 생활용품들이 버려지고 있다.

이런 제품들을 어느 한 공간에 모아 두었다가 필요한 사람들이 활용하면 얼마나 좋을까?

우리나라가 가난을 벗은 지 얼마나 됐다고 지나치게 낭비하고 사치하고….

때로는 어떤 지역은 이방나라처럼 느껴지기도 한다. 한국은 세계 많은 나라에게 큰 도움을 받았던 역사가 있다.

이 시대, 이 세대는 지난 부모세대의 일본 식민 시대, 6.25전쟁, 굶주림의 슬픈 역사를 결코 잊으면 안 된다.

역사는 국가를 지탱하는 정신이다.

11. 20. 이웃을 위한 기도

오늘 아침은 함께 살아가는 이웃을 위해 기도합니다.

가난으로, 질병으로, 장애로, 이혼으로, 직장문제로, 자식문제로 힘들어하는 분들이 많습니다. 긍휼을 베풀어 주옵소서.

이 이웃들이 이 어려운 고난 중에도 예수의 사랑, 예수의 복음을 만나서 새로운 하나님 나라를 경험하기 원합니다.

한국 사회 안에 심각한 분열과 경쟁, 부패와 거짓이 사라지고 국가, 사회 모든 분야의 지도자들이 정직하게 겸손히 국민을 섬기는 나라가 되기 원합니다. 우리나라의 행정, 입법, 사법 기관과 국민들이 여호와 하나님을 가까이하며, 성경말씀이 우리나라의 입법과 사법, 행정의 정신이 되고 국가 교육의 정신이 되기를 원합니다.

7. 24. 주간 기도제목

최근 매우 충격적인 뉴스를 보았습니다.

나이 어린 산모가 출산한 아기를 살해하여 쓰레기통에, 냉장고에, 야산에 매장한 사건들입니다.

인간의 끝을 보고 있는 것 같아 크게 놀랐습니다.

동방예의지국이라 자랑했던 한국 사회의 어두운 일면을 보는 것 같습니다.

하나님 아버지여, 이 땅을 치료하여 주옵소서.

한국의 나이 어린 신세대로부터 온 국민들이 하나님을 두려워하며, 한국 대중문화 가운데 세속적이고 불건전한 모습들이 없어지도록 기도합니다.

9. 25. 주간 기도제목

또 복된 한 주간을 주서서 감사합니다.

우리의 모든 시간은 하나님의 시간입니다.

우리의 모든 시간을 하나님의 영광을 위하여 살도록 굳건한 믿음을 주옵소서.

울산지부 기도 가족 한 분, 한 분이 전국 어디든지 기도의 불꽃, 복음의 불꽃을 일으키는 불씨가 되게 하옵소서.

가정마다 기쁨과 감사의 추석이 되길 기도합니다.

명절에도 병석에서 치료를 위해 기도하는 지부 가족의 건강을 회복하게 하여 주시고, 선교 현지에 있는 선교사들을 위로해 주시고 건강을 지켜 주옵소서.

7. 30. 주간 기도제목

직장, 이성, 음주, 마약, 결혼 등 현실적인 문제들 앞에서 고민하는 대학생 청년들을 위로해 주시고 새 힘 주시도록,

이 세상보다 하늘에 소망을 두고 믿음으로 오늘의 현실을 돌파하고 국가, 사회, 교회의 소중한 일꾼으로 성장하도록,

자극적인 세속문화에 노출된 어린이들과 청소년, 대학생들이 하나님의 자녀로서 세상의 정욕과 유혹을 이길 수 있도록,

항상 말씀과 기도, 성령 충만한 삶을 살도록 기도합니다.

8월 7일 (월)~11일 (금) 동안 포항 한동대학교에서 개최할 '2023년 제18회 선교한국대회'에서 다시 부르심에 도전하는 한국 교회와 청년들이 불같이 일어나 온 세상 열방 위해 관심 갖고 도전하도록 기도합니다.

12. 15. 기도제목

이 시간도, 평생 예수 이름 복음 한 번 듣지 못하고 죽어 간 미전도 종족을 찾아 복음을 전하는 선교사들의 건강을 지켜 주시고 사역에 기름 부어 주옵소서. 선교사들이 밟는 땅과 만나는 사람들마다 사도행전 성령의 역사가 일어나기를 기도합니다.

언어, 문화, 모든 생활환경이 다른 이방나라에서 적응하기 위해 여러 위험과 어려움을 인내하고 살아가는 선교사들을 위로해 주옵소서.

예수께서 이 세상에 계실 때 각색 병자들을 고치시고, 먹을 것을 공급하시고, 기적과 이적을 행하시던 그 성령의 역사가 선교사들 사역 가운데 불같이 일어나기를 기도합니다.

오직 성령이 너희에게 임하시면 너희가 권능을 받고 예루살렘과 온 유대와 사마리아와 땅끝까지 이르러 내 증인이 되리

라 하시니

(사도행전 1:8)

송구영신 금식 기도

2023. 12. 31.~2024. 1. 1.

- 지난해를 돌아보고 감사하며 새해도 하나님 인도해 주시도록

- 우리 민족 국가 지도자, 한국 교회 지도자와 성도들을 위하여

- 미전도 종족과 열방, 전쟁 중인 러시아와 우크라이나, 이스라엘과 팔레스타인, 내전 중인 국가들과 피난민들과 국민들을 위하여

- 어린이들과 청소년들과 교육자들, 문화·연예인들, 마약과 알코올, 성중독자들, 고아, 장애인들, 울산 도시와 우상, 전도 대상자들, 선교사와 가족들 위하여 기도합니다.

그러나 신랑을 빼앗길 날이 이르리니 그날에는 금식할 것이니라

(마가복음 2:20)

2024년 기도제목

1. 온 세상에 하나님의 나라와 구원이 속히 이루어지도록
2. 항상 하나님 앞에서 자신을 돌아보며 회개의 마음 잃지 않도록
3. 믿음의 기도를 드리게 하옵소서.
4. 하나님의 거룩함을 본받는 삶을 살도록
5. 소명자(국민, 교회, 단체 등)의 삶을 다하도록
6. 세상에서 예수님의 사랑과 권세와 능력의 삶을 살도록
7. 자녀들에게 믿음의 조상으로 살도록
8. 이 마지막 때 영적인 분별력을 더해 주소서.
9. WEC이 이 시대를 잘 감당하며 주님 다시 오심을 준비하도록
10. 우리 민족이 하나님과 이웃을 사랑하며 하나님을 예배하도록.

방해

잡음이 많으면 소리가 잘 들리지 않는다.

너희는 스스로 조심하라 그렇지 않으면

방탕함과 술 취함과 생활의 염려로 마음이

둔하여지고 뜻밖에 그 날이 덫과 같이

너희에게 임하리라

(누가복음 21:34)

눈 오는 날이면

　헐벗고 가난했던 우리 어린 시절 겨울은 왜 그렇게 춥고 얼음도 많이 얼고 눈도 많이 내렸는지. "이놈아, 밖에 눈 온다. 따뜻하게 입어라." 눈 올 때마다 다그치던 울 엄마의 목소리.

　엄마 하늘나라 가신 지 벌써 수십 년인데.

　오늘처럼 앞산이 안 보이게 흰 눈 펑펑 쏟아지는 날이면 엄마의 다정한 그 목소리가 지금도 생생하다.

　"이놈아, 밖에 눈 온다. 따뜻하게 입어라."

　엄마, 많이 보고 싶습니다.

고향

어릴 적 친구들 그리워 찾아온 내 고향.

그 바닷가 벌거벗고 뛰놀던 친구들 아직 선한데

친구여,

이 추운 데 날 기다린다고 여기 누웠나.

그래도 너는 우리가 뛰놀던 고향에 누웠구나.

인생관

많이 없어도 주어야 즐거운 인생.

많이 있어도 받아야 즐거운 인생.

유혹

딱 한 번이 평생일 줄이야.

어느 마약 중독자의 인생처럼.

이야기3

복음의 능력

복음의 능력

예수 십자가의 복음이 심어지면
황금을 버리고
왕좌를 버리고
자기를 버린다.
그렇게 복음을 따라 산다.

이 마지막 때에

오늘날 세계는 점점 더 전쟁과 분쟁의 불안감이 확산되고 있다. 러시아, 우크라이나, 이스라엘과 팔레스타인, 그리고 남북한, 중국과 대만, 시리아, 미얀마 내전 등 온 세계의 불안은 2차 대전 후 최고라고도 한다.

이 시대를 살아가는 사람들에게 절박한 것은 무엇인가.

혹 내가 하늘을 닫고 비를 내리지 아니하거나
혹 메뚜기로 토산을 먹게 하거나 혹 염병으로
내 백성 가운데 유행하게 할 때에
내 이름으로 일컫는 내 백성이 그 악한 길에서
떠나 스스로 겸비하고 기도하여 내 얼굴을
구하면 내가 하늘에서 듣고 그 죄를 사하고
그 땅을 고칠찌라
(역대하 7:13~14)

사소한 것

사소한 것 한 가지 양보하다 결국 안방까지 다 내어 준다.

바다 같은 호수의 댐도 개미 한 마리의 구멍으로 무너지기 시작한다.

이혼, 살인, 국가 간 전쟁과 큰 분쟁도 아주 사소한 일 때문에 일어나기도 한다.

악은 모든 모양이라도 버리라

(데살로니가전서 5:22)

성령의 역사는

마음을 같이하여 전혀 기도에 힘쓸 때

(사도행전 1:14 중)

우리 엄마들의 恨

아리랑 아리랑은 우리 엄마들의 노래입니다.

많은 자식들 어려서는 굶어 죽고, 병들어 죽고, 커서는 군대 보내고, 전쟁터에 보내고, 감옥으로 보내고. 눈만 뜨면 이집, 저 집 자식 찾으러 나가셨던 우리 엄마들의 일생은 바로 우리 민족의 산 역사입니다.

大自然의 고통

어떻게 바다를 육지보다 더 크게 만드셨을까?

이제는 태평양 같은 광대한 바다도 질식하기 직전이다.

창세 후 인간들이 저질러 온 죄악과 환경오염의 대가는 그대로 이 시대, 이 세대에게 전가되고 있다.

이 시대, 이 세대가 하나님의 창조 질서를 회복해야 할 마지막 기회일지도 모른다.

이상하네

구원받았는가?

그렇다면 예수님께 할 말이 그렇게 없을까.

하나님의 성전은

하나님의 성전은 거룩하고 성결해야 한다.

성전은 하나님께서 계신 곳이요, 하나님께서 임재하신 곳이요, 하나님을 만나는 곳이다.

너희가 하나님의 성전인 것과 하나님의 성령이 너희 안에 거하시는 것을 알지 못하느뇨 누구든지 하나님의 성전을 더럽히면 하나님이 그 사람을 멸하시리라 하나님의 성전은 거룩하니 너희도 그러하니라

(고린도전서 3:16~17)

그 입술로

짐승도 토한 음식을 다시 주워 먹지 않는데
수없이 토한 입으로 입맞춤까지.
기도했던 그 입으로 흉도 보고
싸움도 하고 또 예수 이름도 부른다.

한 입으로 찬송과 저주가 나는도다
내 형제들아 이것이 마땅치 아니하니라
샘이 한 구멍으로 어찌 단 물과 쓴 물을 내겠느뇨
(야고보서 3:10~11)

읽기와 쓰기

글을 읽는다는 것은 다른 사람을 보는 것이요,

글을 쓴다는 것은 나를 보여 주는 것이다.

요즘 애기들

아직 기저귀 차고 노는 세 살짜리 아기에게 물었다.

"루아야, '땡깡'이 무슨 말인지 알아?"

질문이 끝나기도 전에 그것도 모르냐는 듯 큰 소리로 말했다.

"짜증!"

내가 잘못 들었나?

언제 이렇게

아무리 봐도 내 얼굴 같기는 한데 함박눈 하얀 머리, 돋보기안경 몇 번이고 살펴본다.

뒤늦게 생각이 바쁘다.

당신은 누구야.

시간

가장 공정한 것, 가장 냉정한 것이 무엇이냐.
온 우주도, 온 인류도 그 앞에서 할 말이 없다.
너무 공정해서 무섭다.

부르심(Calling)

나를 따라 오너라 내가 너희로 사람을 낚는 어부가 되게 하리라

(마태복음 4:19)

너희를 부르시는 이는 미쁘시니

그가 또한 이루시리라

(데살로니가전서 5:24)

가족

그 애기가 벌써 아빠가 되다니.

2023년 6월 둘째가 태어났다.

드디어 4식구가 되었구나.

43년 전 그때는 네가 태어나서

4식구가 되었지.

오늘이 그날이다.

그곳에는

그곳에는 늘 하나님의 사람들이 있습니다.

새벽기도회, 금요철야기도회, 수요기도회, 선교기도회….

그곳에는 늘 어떤 역사가 일어나고 있습니다.

하나님께서 함께 계십니다.

복음이 이루어집니다.

번성할 때 조심

네가 먹어서 배불리고 아름다운 집을 짓고 거하게 되며 또 네 우양이 번성하며 네 은금이 증식되며 네 소유가 다 풍부하게 될 때에 두렵건대 네 마음이 교만하여 네 하나님 여호와를 잊어버릴까 하노라

(신명기 8:12~14)

그날

세상의 모든 만남이 끝나는 날,
세상의 모든 사명이 끝나는 날,
그대가 부르짖던 기도가 끝나는 날.

하늘이 춤을 추며,
산들이 춤을 추며,
바다가 춤을 추며 노래하리.

순교자들이여 이젠 일어나소서.
어둠 속 철문들이 활짝 열리리.
죽음 앞에서도 否認하지 않았던 믿음의 용사들이여, 일어
나소서. 주의 날이 왔습니다.
이제는 죽은 듯 참았던 예배를 춤추며 드리소서.
오늘은 하나님의 날입니다.

예수를 찾는 이유

예수님께서 가신 곳마다 수많은 사람들로 인산인해를 이루었습니다. 그날도 군중들은 예수님을 찾으러 갔으나 그곳에 계시지 않았습니다. 그때 예수님께서 군중들에게 너희가 나를 찾는 것은 떡을 배부르게 먹을 수 있기 때문이라고 하시며 "썩어질 양식을 위하여 일하지 말고 영생하도록 있는 양식을 위하여 하라"고 말씀하셨습니다.

오늘 우리는 왜 예수를 찾을까요?

예수께서 대답하여 가라사대 내가 진실로 진실로 너희에게 이르노니 너희가 나를 찾는 것은 표적을 본 까닭이 아니요 떡을 먹고 배부른 까닭이로다

(요한복음 6:26)

지켜 주소서

누가 나 자신을 지켜 줄 수 있을까요.

나도 나 자신을 지키지 못했습니다.

하루에도 몇 번씩 넘어집니다.

주여, 나를 불쌍히 여겨 주옵소서.

음행과 온갖 더러운 것과 탐욕은 너희 중에서 그 이름이라도 부르지 말라 이는 성도의 마땅한 바니라

(에배소서 5:3)

집사님께

집사님, 살다가 힘들 때 마음 터놓고 얘기할 수 있는 한 사람만 있어도 큰 힘이 되지요.

그분이 예수님이셨으면 좋겠습니다.

집사님께 다가와 물 한잔 달라고 찾아오신 분, 당신을 십자가로 사랑하신 예수 그리스도.

집사님의 신랑입니다.

2023. 7. 30. 주일

우리들만이라도

　요새는 이웃도, 교회도 마음 터놓고 살기가 너무 조심스럽습니다.

　우리만이라도 좀 긴장을 풀고, 마음 터놓고, 맘껏 사랑한다 말도 하고 살았으면 좋겠습니다.

2023. 7. 30. 주일

한국 사회의 자화상

요즈음 한국 사회에서는 언제, 어디서라도 남자든 여자든 어른이든 아이들이든 민망할 정도로 자극적이고 폭력적인 영상을 마음대로 볼 수 있다. 청소년들의 흡연, 음주, 마약 등 문제도 심각하다고 한다.

이를 어찌해야 하나?

하나님, 우리 자녀들에게 이 시대를 분별할 수 있는 지혜를 주옵소서. 이 시대, 이 세대를 지켜 주소서.

성령님, 우리를 떠나지 마소서.

부부

여보-

온 세상이 다 아니라고 해도 자기가 괜찮다고 하면 괜찮아.

온 세상이 다 괜찮다고 해도 자기가 아니라고 하면 아니야.

시대의 그림자

　불과 한 세대 전만 해도 우리는 가난과 질병으로 척박한 삶이었지만 이웃을 가족처럼 서로 돕고 사는 아름다운 전통이 있었다. 이는 어려운 시절을 함께 극복하며 살아야 했던 공동체 정신이 아닌가 싶다. 그때만 해도 애국심도, 가족애도 대단했고 이웃사촌이란 말처럼 떡 한 조각도 이웃과 함께 나누며 살았다.

　이제는 지나간 한 시대의 추억이 되었다. 그때 비하면 호화로울 정도로 잘사는 한국 사회가 되었지만 부모와 자식이 함께 사는 게 불편한 시대라고 한다.

　호텔 같은 아파트에 살면서.

사람은

인간이 혼자서 살아갈 수 있을까?

그래서 서로 돕고 의지하며 살아간다.

누가 흠 없이, 죄 없이 살 수 있을까.

그래서 서로 용서하고 사랑하며 살아간다.

이것이 세상이요, 사람(人)이다.

솔선수범

요즘 청소년들이 교회 가기를 싫어한다고?

혹시 어른세대가 솔선수범한 것 아닐까.

심각한 일이다.

청소년들을 걱정하기 앞서 어른세대들을 돌아봐야 하지 않

을까?

구원의 길

아무리 세상이 발전한 21세기 첨단과학의 시대라 할지라도, 이보다 더한 세상이 온다 할지라도 인간이 구원받는 길은 예수 그리스도 외에는 없다.

다른 이로서는 구원을 얻을 수 없나니
천하 인간에 구원을 얻을 만한 다른 이름을
우리에게 주신 일이 없음이니라 하였더라
(사도행전 4:12)

말씀과 하나님

말씀을 가까이한다는 것은
하나님을 가까이한다는 뜻이다.

태초에 말씀이 계시니라
이 말씀이 하나님과 함께 계셨으니
이 말씀은 곧 하나님이시니라
(요한복음 1:1)

기본

교회에서든 사회에서든 쓰임 받을 수 있는 사람은 깨끗해야 한다.

그릇이 더러우면 아무것도 담을 수 없다.

감사

햇빛이 없으면 살아남을 생명이 있겠는가.

해와 달, 별들을 만드신 분도

하늘과 땅을 만드신 분도

장미꽃 만발한 봄을 만드신 분도

그리고 이 모든 것을 우리에게 주신 분도

하나님이시다.

생명의 주인, 하나님께 감사합니다.

이런 날은

때로는 휴대폰도 무거울 때가 있다.

쇼핑백도 무거울 때가 있다.

숟가락 들기도 무거울 때가 있다.

이는 만사가 싫다는 몸의 호소다.

이런 날은 쉬어야 한다.

주일 날의 쉼은 일주일의 힘이다.

이제는

이제는 다 늙은 몸인데
누군들 좋아하리.
누구를 좋아하리.
사랑은 더 깊어지는데.

습관

주위에선 다 아는데 자기만 모른다.

자신도 모르게 습관이 된 말이나 행동이 많다.

특히 가정이나 사회생활 속에서 성도의 좋은 습관은 대단히 중요하다.

모이기를 폐하는 어떤 사람들의 습관과

같이 하지 말고 오직 권하여 그 날이

가까움을 볼수록 더욱 그리하자

(히브리서 10:25)

마귀 작전

앞장서서 막지 말라. 스스로 무너지게 하라.

마귀는 이렇게 접근한다.
때로는 이웃 사랑을 가장하고
달콤한 언어로 접근한다.
때로는 성령의 역사로 가장하고
천사로 가장한다.

시대 변천

.

옛날: 이혼이란 감히

현대: 이혼이란 언제든

옛날: 시어머님이 눈치 보여서

현대: 며느님이 눈치 보여서

기준

기준이 흔들리면 온 세상이 흔들린다.

(십계명)

너는 나 외에는 다른 신들을 네게 있게 말찌니라

너를 위하여 새긴 우상을 만들지 말고 또 위로

하늘에 있는 것이나 아래로 땅에 있는 것이나

땅아래 물속에 있는 것의 아무 형상이든지

만들지 말며 그것들에게 절하지 말며

그것들을 섬기지 말라

(출애굽기 20:3~5)

금지 사항

하나님의 말씀을 더하거나 빼지 말라

내가 이 책의 예언의 말씀을 듣는 각인에게
증거하노니 만일 누구든지 이것들 외에 더하면
하나님이 이 책에 기록된 재앙들을 그에게
더하실 터이요
만일 누구든지 이 책의 예언의 말씀에서 제하여
버리면 하나님이 이 책에 기록된 생명 나무와
및 거룩한 성에 참예함을 제하여 버리시리라
(요한계시록 22:18~19)

휴대폰아

카톡으로 나눈 영상, 아무리 보고 또 보아도 감질난다. 손을 한번 잡아 볼 수 있나, 따뜻한 가슴으로 안아 볼 수 있나.

그래도 그 카톡 없으면 못 산다.

귀찮기는 하지만 속이지도 않고 미안하지 않아도 되는데 그 폰이 꼭 시키는 대로만 해야 하니.

노인

이제는 가만있음이 도와주는 거란다.

어느덧, 싱그럽고 발랄했던 그 시절
밝고 환한 청춘의 기백은 사라지고,
아득한 삶의 광야에서 너덜너덜해진
노인은 지친 존재로 우리 앞에 서 있다.
이제는 노란 헤어스타일 그대 앞을
자나가기도 왠지 미안스럽다.

理性과 감성

언어는 0도에서 만들어지고,
눈물은 100도에서 만들어진다.

눈물은 심장이 울부짖는 소리이다.
고통과 상처를 참는 신음이요,
사랑이 불에 익어 가는 향기이다.
눈물은 돌아온 탕자의 고백이요,
더러움이 불에 타는 회개의 눈물이다.

인간 의지

장애가 있어도 춤을 잘 춥니다.
장애가 없어도 춤을 못 춥니다.
눈을 뜨고도 못 그립니다.
눈을 감고도 잘 그립니다.
서로가 너무 소중합니다.

용사

용사는 칼을 가졌으나,
용사는 권력을 가졌으나,
사욕을 위해 사용하지 않습니다.

자신을 희생하여 나라를 살리는
무명의 용사입니다.
하늘에서 빛나는 영원한 별입니다.

체험

사랑을 해 본 사람은 가슴으로 설명하고,

사랑을 안 해 본 사람은 논리로 설명한다.

행복한 사람

받을 때도 행복하다.
줄 때는 더 행복하다.
줄수록 더 행복하다.

줄 수 있는 행복이 있어
받을 수 있는 행복이 있습니다.

오늘따라

저 파란 가을 하늘 두둥실 떠오는 흰 구름 위에 우리 주님 타고 오실까?

예수께서 이르시되 내가 그니라 인자가 권능자의
우편에 앉은 것과 하늘 구름을 타고 오는 것을
너희가 보리라 하시니
(마가복음 14:62)

나가자 팀

세상이 불안합니다. 혼란스럽습니다.

나라와 가정과 자녀(나. 가. 자)를 위한 기도가 절실합니다.

오죽하면 나가자 팀 소그룹까지 만들었을까요?

내가 새벽 전에 부르짖으며

주의 말씀을 바랐사오며

주의 말씀을 묵상하려고

내 눈이 야경이 깊기 전에 깨었나이다

(시편 119:147~148)

정신을 차리고

사악한 세력들은 쉬지 않고 틈을 노리고 있습니다.
왜 "쉬지 말고 기도하라"고 하셨는지 이해가 됩니다.

만물의 마지막이 가까웠으니 그러므로
너희는 정신을 차리고 근신하여 기도하라
무엇보다도 열심으로 서로 사랑할찌니
사랑은 허다한 죄를 덮느니라
(베드로전서 4:7~8)

부활을 믿습니까

부활을 믿습니까? 참으로 중요한 문제입니다.

우리가 이 세상에서 어떤 고난이나 어려움을 당해도 소망을 잃지 않는 것은 부활이 있기 때문입니다.

부활을 믿습니까?

예수께서 가라사대 나는 부활이요 생명이니 나를 믿는 자는 죽어도 살겠고 무릇 살아서 나를 믿는 자는 영원히 죽지 아니하리니 이것을 네가 믿느냐

(요한복음 11:25~26)

만일 죽은 자가 다시 사는 것이 없으면 그리스도도 다시 사신 것이 없었을 터이요 그리스도께서 다시 사신 것이 없으면 너희의 믿음도 헛되고 너희가 여전히 죄 가운데 있을 것이요 또한 그리스도 안에서 잠자는 자도 망하였으리니

(고린도전서 15:16~18)

인생, 날아갑니다

이 땅에서 겨우 며칠 왔다 간 느낌이다.

아직도 실감이 안 난다.

그러나 기침 한 번만 하고 나면 실감 난다.

우리의 년수가 칠십이요 강건하면 팔십이라도

그 년수의 자랑은 수고와 슬픔뿐이요

신속히 가니 우리가 날아가나이다

(시편 90:10)

복음의 생명력

살아 있는 생명은 활동을 한다.

성장하고 번식하고 열매를 맺는다.

봄이 되면 살아 있는 뿌리는 땅을 뚫고 나온다.

복음 속에는 불꽃같은 생명이 있다.

복음은 원수도 사랑한다.

죽은 자도 살아난다.

새로운 세상

평생 늙지 않을 것처럼 산다.
평생 죽지 않을 것처럼 산다.
무엇에 한 맺힌 사람처럼 산다.
그렇다. 그렇게 열심히 살아야 한다.
그러나 그것이 전부가 아니다.

새로운 세상이 기다리고 있다.
누구든 그 세상으로 가야 한다.
이 세상의 것은 아무것도 필요 없는
영원, 영원한 세상이 기다리고 있다.

돈의 필요성

돈이 최고다. 돈이 만사형통이다.

돈만 많으면 행복하게 살 수 있다고 하지만

돈 때문에 이혼을 하기도 하고

돈 때문에 원수가 되기도 한다.

돈은 필요 차원이지 사랑의 차원은 아니다.

"돈을 사랑함이 일만 악의 뿌리가 되나니."

말의 위력

어떤 사람의 말은 얼음장 같다.

어떤 사람의 말은 향기롭다.

어떤 사람의 말은 불과 같다.

어떤 사람의 말은 칼 같다.

어떤 사람의 말은 향기로운 꽃과 같다.

어떤 사람의 말은 만병통치약 같다.

말 한마디에 하늘을 날기도 하고

지옥으로 떨어지기도 한다.

말보다 무서운 무기는 없다.

성공이란

목적을 성취했다고 해서 다 성공이라고 말할 수 없다. 한 사람의 성공으로 수많은 사람이 고통을 당할 수도 있다.

꼭 이루어야 할 成功도 있고, 꼭 이루지 말아야 할 성공도 있다.

신앙 교육

신앙 교육의 최고의 명문학교는 가정이요,
최고의 선생님은 가족이다.

인생을 입학하고 인생을 졸업하는 학교다.

가정보다 더 확실한 신앙 교육은 없다.
가장 먼저 기도를 배우는 곳이요,
가장 먼저 사랑하는 법을 배우는 곳이다.
잠자는 법을 배우고 눈물을 배우는 곳이다.
전 세대가 함께 인생을 훈련하는 학교다.

제자도

이에 예수께서 제자들에게 이르시되 아무든지 나를 따라 오려거든 자기를 부인하고 자기 십자가를 지고 나를 좇을 것이니라

(마태복음 16:24)

같은 말

나는 믿음이 있는가?

나는 순종하는가?

욕심

작은 그릇에 어떻게 큰 그릇을 넣으려 하는가.

욕심이 잉태한즉 죄를 낳고

죄가 장성한즉 사망을 낳느니라

(야고보서 1:15)

국제공항 추억

"너의 가는 길에 주의 평강 있으리 네가 밟는 모든 땅 주님 다스리리 너는 주의 길 예비케 되리…"

1980년대 우리나라가 아직 가난을 벗어나지 못한 시절이었지만 여름방학 때만 되면 인천국제공항 이곳저곳에서 선교를 떠나는 많은 청년 대학생들이 둘러서서 손잡고 기도하던 시절이 있었다. 그 공항 풍경을 언제 다시 볼 수 있을까?

내게 아무것 없어도 오직 말씀 의지하고 할렐루야 기쁨으로 떠났던 믿음의 용사들, 이젠 하얀 머리 되어서 돌아오는 날 그 공항에서 환영의 찬양이라도 불러 드리고 싶습니다.

꼭 전화하세요. 마중 나갈게요.

선교사님, 그동안 십자가 붙들고 얼마나 많은 눈물을 흘리셨습니까. 고생 많으셨습니다.

은혜의 시작

"주여, 나를 불쌍히 여겨 주옵소서."

나는 죄인입니다.

이 시대, 이 세대의 지상명령

한국의 많은 교회는 1980년대부터 온 세계 열방을 향한 선교 열정으로 사도행전의 역사를 계승하는 놀라운 선교 부흥을 이루었다. 그러나 이러한 열정이 시들어 가고 있다면 예삿일이 아니다. 두려워해야 할 일이다.

우리 한국 교회, 특히 젊은 세대들이 다시 일어나 예수의 복음을 품고 예수의 사랑을 품고 땅끝 열방을 향하여 계속 도전하기를 소망한다.

그때보다 선교 환경이 얼마나 더 좋아졌는가.

너희는 온 천하에 다니며 만민에게 복음을 전파하라

Go into all the world and preach the good news to all creation

(마가복음 16:15)

원고를 접으며

사랑합니다

사랑합니다. 주님 사랑합니다.
"너희 원수를 사랑하라."
나의 거짓을 고백합니다. 그래도
사랑합니다. 주님 사랑합니다.

사랑합니다. 주님 사랑합니다.
"이웃을 네 몸같이 사랑하라."
나의 위선을 고백합니다. 그래도
사랑합니다. 주님 사랑합니다.

나를 구원하시려 죽으신 주님.
세상 사랑으로는

알 수 없는 사랑.

사랑합니다. 주님 사랑합니다.

곧 다시 오실 주님을 사랑합니다.

2024. 6. 26. 주하 생일 날.

이 時代를 보고 이 世代를 본다

ⓒ 마재영 · 양정순, 2024

초판 1쇄 발행 2024년 6월 26일

지은이   마재영 · 양정순
펴낸이   이기봉
편집   좋은땅 편집팀
펴낸곳   도서출판 좋은땅
주소   서울특별시 마포구 양화로12길 26 지월드빌딩 (서교동 395-7)
전화   02)374-8616~7
팩스   02)374-8614
이메일   gworldbook@naver.com
홈페이지   www.g-world.co.kr

ISBN   979-11-388-3193-2 (03810)